El Gato con Botas

El Gato con Botas

Texto de Caroline Repchuk
Traducción de Élida M. Colella
Ilustraciones de David Anstey

Colección Mis Cuentos Preferidos
EDITORIAL SIGMAR

Había una vez un molinero
tan pobre que, cuando murió,
dejó un testamento en el que repartía
su propiedad entre sus tres hijos.
El mayor recibió su molino; el segundo,
su burro, y por fin, el menor heredó
su gato.

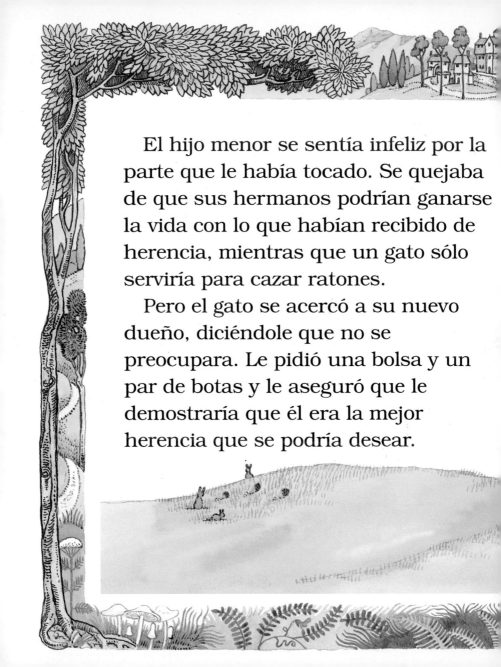

El hijo menor se sentía infeliz por la parte que le había tocado. Se quejaba de que sus hermanos podrían ganarse la vida con lo que habían recibido de herencia, mientras que un gato sólo serviría para cazar ratones.

Pero el gato se acercó a su nuevo dueño, diciéndole que no se preocupara. Le pidió una bolsa y un par de botas y le aseguró que le demostraría que él era la mejor herencia que se podría desear.

El hijo menor decidió darle al gato
una oportunidad, y con lo poco que le
quedaba de dinero, compró una bolsa,
un sombrero con plumas y un par
de botas relucientes.

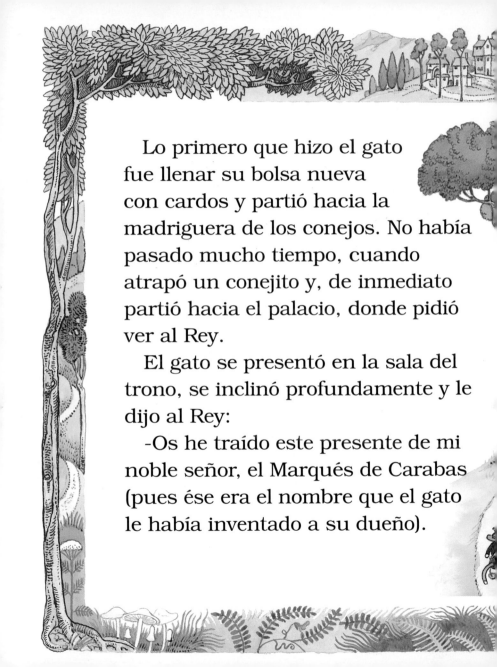

Lo primero que hizo el gato
fue llenar su bolsa nueva
con cardos y partió hacia la
madriguera de los conejos. No había
pasado mucho tiempo, cuando
atrapó un conejito y, de inmediato
partió hacia el palacio, donde pidió
ver al Rey.

El gato se presentó en la sala del
trono, se inclinó profundamente y le
dijo al Rey:

-Os he traído este presente de mi
noble señor, el Marqués de Carabas
(pues ése era el nombre que el gato
le había inventado a su dueño).

-Espero que Su Alteza lo disfrute
mucho -terminó diciendo el gato.

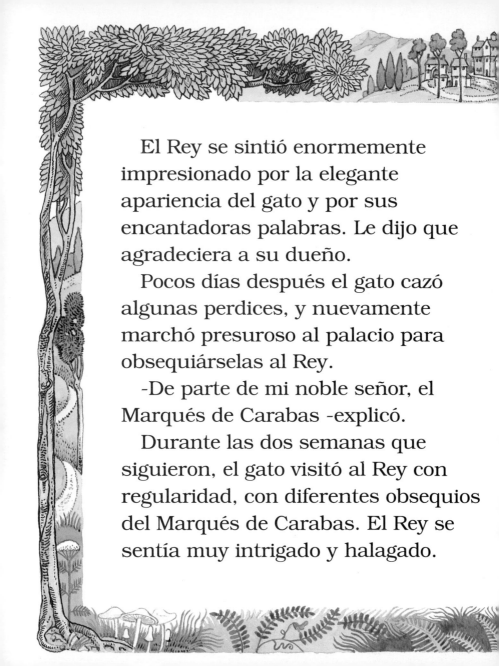

El Rey se sintió enormemente impresionado por la elegante apariencia del gato y por sus encantadoras palabras. Le dijo que agradeciera a su dueño.

Pocos días después el gato cazó algunas perdices, y nuevamente marchó presuroso al palacio para obsequiárselas al Rey.

-De parte de mi noble señor, el Marqués de Carabas -explicó.

Durante las dos semanas que siguieron, el gato visitó al Rey con regularidad, con diferentes obsequios del Marqués de Carabas. El Rey se sentía muy intrigado y halagado.

Un día, el gato se enteró que el Rey saldría a dar un paseo a orillas del río, con su bella hija, la Princesa.

El astuto gato corrió hasta donde se encontraba su dueño y le dijo:

-Haz lo que yo te digo y tu fortuna estará asegurada.

El joven fue al río, como le había
indicado el gato y después de
desvestirse, se sumergió en el agua.

Pronto pasó el Rey en su carroza y el
gato comenzó a gritar: "¡Socorro! ¡El
Marqués de Carabas se está ahogando!"

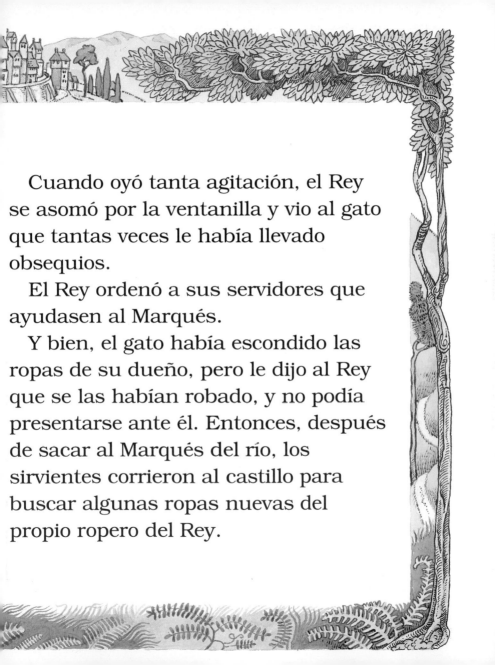

Cuando oyó tanta agitación, el Rey
se asomó por la ventanilla y vio al gato
que tantas veces le había llevado
obsequios.

El Rey ordenó a sus servidores que
ayudasen al Marqués.

Y bien, el gato había escondido las
ropas de su dueño, pero le dijo al Rey
que se las habían robado, y no podía
presentarse ante él. Entonces, después
de sacar al Marqués del río, los
sirvientes corrieron al castillo para
buscar algunas ropas nuevas del
propio ropero del Rey.

Y así fue como el inteligente gato se aseguró de que su joven dueño apareciera fino y presentable ante la hermosa Princesa.

La Princesa lo vio como el joven más apuesto que hubiera conocido jamás y él también se sintió atraído por su belleza y encanto.

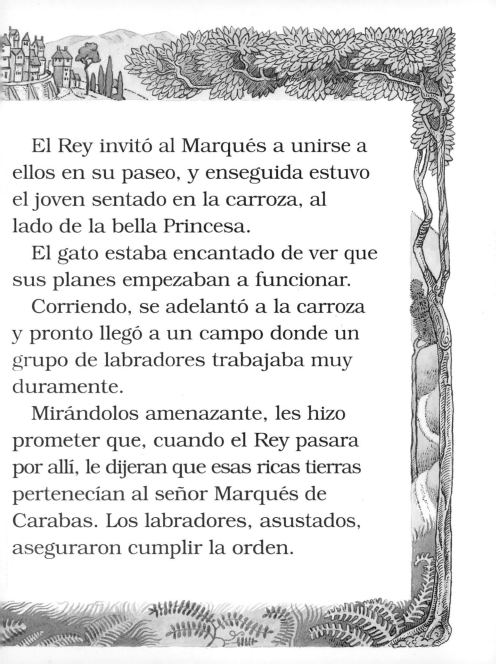

El Rey invitó al Marqués a unirse a ellos en su paseo, y enseguida estuvo el joven sentado en la carroza, al lado de la bella Princesa.

El gato estaba encantado de ver que sus planes empezaban a funcionar.

Corriendo, se adelantó a la carroza y pronto llegó a un campo donde un grupo de labradores trabajaba muy duramente.

Mirándolos amenazante, les hizo prometer que, cuando el Rey pasara por allí, le dijeran que esas ricas tierras pertenecían al señor Marqués de Carabas. Los labradores, asustados, aseguraron cumplir la orden.

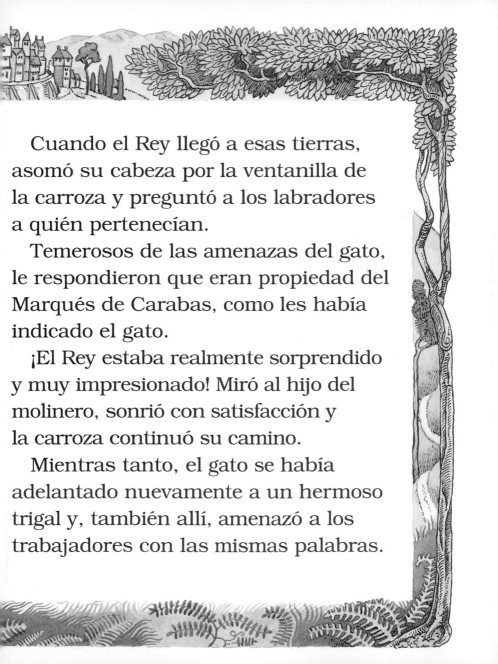

Cuando el Rey llegó a esas tierras, asomó su cabeza por la ventanilla de la carroza y preguntó a los labradores a quién pertenecían.

Temerosos de las amenazas del gato, le respondieron que eran propiedad del Marqués de Carabas, como les había indicado el gato.

¡El Rey estaba realmente sorprendido y muy impresionado! Miró al hijo del molinero, sonrió con satisfacción y la carroza continuó su camino.

Mientras tanto, el gato se había adelantado nuevamente a un hermoso trigal y, también allí, amenazó a los trabajadores con las mismas palabras.

Cuando el Rey llegó al trigal,
todos dijeron que era del Marqués
de Carabas.

Profundamente asombrado,
volvió a felicitar al joven.

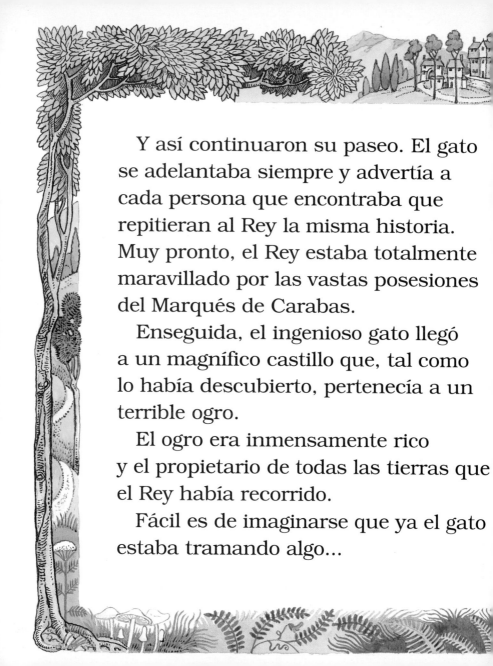

Y así continuaron su paseo. El gato se adelantaba siempre y advertía a cada persona que encontraba que repitieran al Rey la misma historia. Muy pronto, el Rey estaba totalmente maravillado por las vastas posesiones del Marqués de Carabas.

Enseguida, el ingenioso gato llegó a un magnífico castillo que, tal como lo había descubierto, pertenecía a un terrible ogro.

El ogro era inmensamente rico y el propietario de todas las tierras que el Rey había recorrido.

Fácil es de imaginarse que ya el gato estaba tramando algo...

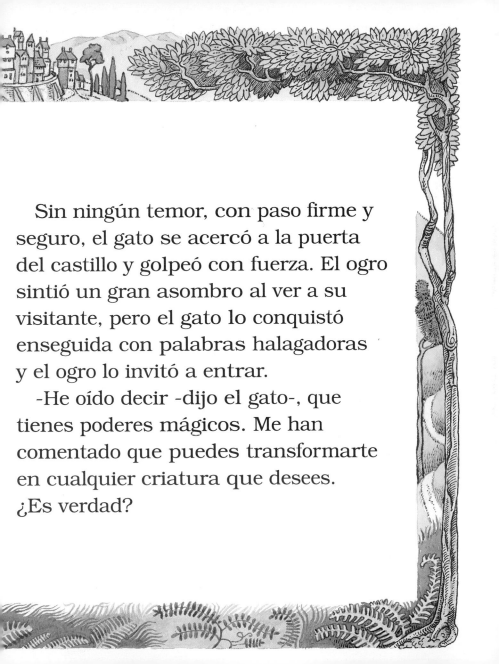

Sin ningún temor, con paso firme y
seguro, el gato se acercó a la puerta
del castillo y golpeó con fuerza. El ogro
sintió un gran asombro al ver a su
visitante, pero el gato lo conquistó
enseguida con palabras halagadoras
y el ogro lo invitó a entrar.

-He oído decir -dijo el gato-, que
tienes poderes mágicos. Me han
comentado que puedes transformarte
en cualquier criatura que desees.
¿Es verdad?

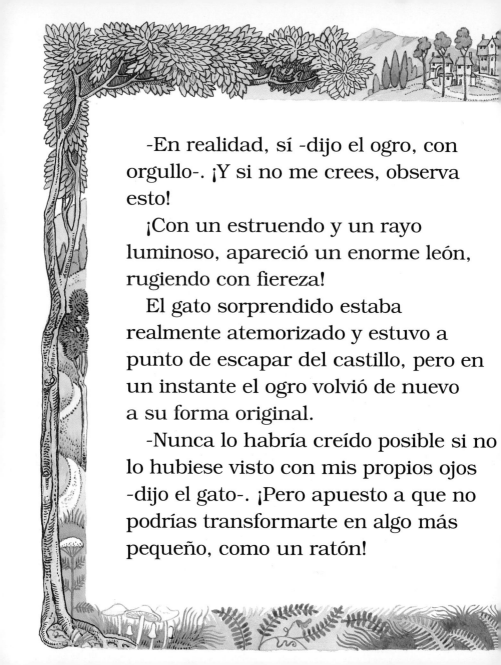

-En realidad, sí -dijo el ogro, con orgullo-. ¡Y si no me crees, observa esto!

¡Con un estruendo y un rayo luminoso, apareció un enorme león, rugiendo con fiereza!

El gato sorprendido estaba realmente atemorizado y estuvo a punto de escapar del castillo, pero en un instante el ogro volvió de nuevo a su forma original.

-Nunca lo habría creído posible si no lo hubiese visto con mis propios ojos -dijo el gato-. ¡Pero apuesto a que no podrías transformarte en algo más pequeño, como un ratón!

—¿Que no puedo? -dijo el ogro, ofendido-. ¡Mira esto!

Con un estruendo y un rayo, se transformó en un ratón y comenzó a correr alocadamente por el piso.

¡De un salto, el gato se abalanzó sobre él y lo tragó de un solo bocado!

Y así, el ogro desapareció para siempre.

El gato había conseguido un castillo, tierras productivas y enormes riquezas para su dueño.

En ese momento, oyó que se acercaba la carroza del Rey y corrió a indicarle al cochero que ingresara por el gran portal del castillo.

-Su Majestad es bienvenido a la casa de mi señor el Marqués de Carabas -dijo el gato, haciendo un ceremonioso saludo.

El Rey estaba atónito y con gran curiosidad siguió al gato junto con el Marqués y la Princesa.

En el salón principal, un espléndido banquete los estaba esperando (¡pues al ogro le gustaba comer bien!)

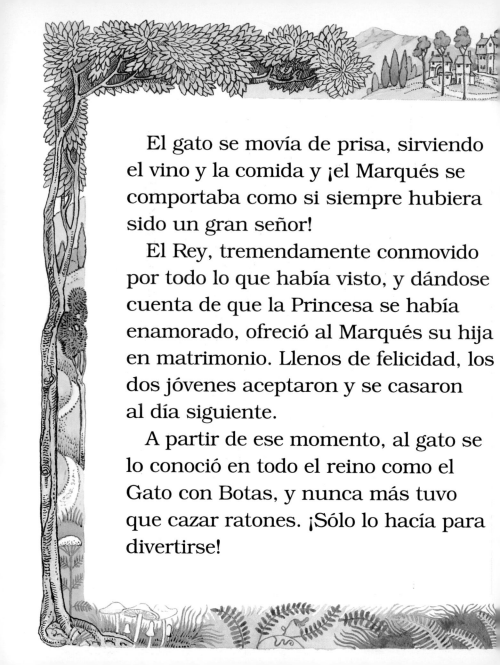

El gato se movía de prisa, sirviendo el vino y la comida y ¡el Marqués se comportaba como si siempre hubiera sido un gran señor!

El Rey, tremendamente conmovido por todo lo que había visto, y dándose cuenta de que la Princesa se había enamorado, ofreció al Marqués su hija en matrimonio. Llenos de felicidad, los dos jóvenes aceptaron y se casaron al día siguiente.

A partir de ese momento, al gato se lo conoció en todo el reino como el Gato con Botas, y nunca más tuvo que cazar ratones. ¡Sólo lo hacía para divertirse!

Charles Perrault

El Gato con Botas apareció publicado por
primera vez en 1697 en la colección
de cuentos escritos por el poeta y cuentista
francés, Charles Perrault (1628-1703).
Dicha colección reunía muchos cuentos
populares tradicionales que casi
habían caído en el olvido, tales como
Barba Azul, Caperucita Roja, Cenicienta y
juntos se conocieron como *Los cuentos
de Mamá Oca.* Escritos en un estilo
simple y directo, los cuentos de Perrault
pronto se hicieron populares en Francia
y más tarde, en todo el mundo.